Clovis Ecrevisse
et Charles Chaoui

Mary Alice Fontenot

Clovis Ecrevisse et Charles Chaoui

Illustré par Cat Landry
Traduit par Julie Fontenot Landry

PELICAN PUBLISHING COMPANY
Gretna 2001

Le mot "Pelican" et le dessin d'un pelican sont les marques de Pelican Publishing Company, Inc., et sont déposés du U.S. Patent and Trademark Office (Bureau de brevet d'invention des Etats-Unis).

ISBN 1-56554-699-7

Rédigé par Deborah C. Hils

Imprimé à Hong Kong

Edité par Pelican Publishing Company, Inc.
1000 Burmaster Street, Gretna, Louisiana 70053

A Douglas Dardeau et Juli Gahn
le parrain et la marraine
de Charles Chaoui

CLOVIS ECREVISSE ET CHARLES CHAOUI

Il fait frais dans l'ombre du gros chêne sur le bayou où habite Clovis Ecrevisse.

Chicot et Coteau Cigale-de-Bois répètent leur chanson bourdonnante. Théodore Tortue dort bien sur la vieille bûche qui a dérivé dans le courant du bayou.

Caroline Coccinelle arrive en volant et se pose au bord de la maison de boue de Clovis. Ses ailes tremblent, et ses petites antennes s'agitent.

"Clovis! Clovis! J'ai si peur!" crie Caroline Coccinelle.

Chicot et Coteau Cigale-de-Bois s'arrêtent de chanter. Théodore Tortue se réveille.

Clovis Ecrevisse se traîne hors du trou rond au milieu de sa maison de boue.

"Quoi il y a, petite amie?" demande Clovis.

Caroline Coccinelle a si peur qu'elle ne peut pas répondre toute de suite.

Quand elle s'arrête de trembler, elle balbutie, "C'est un ver qui est vilain, vilain. Il est dans un petit trou rond droit-là dessous le gros chêne. Ça m'a saisie, et quand je faisais des efforts pour m'échapper, ça a jeté de la terre sur moi!"

Clovis Ecrevisse agite ses longues antennes et ouvre ses grosses pinces pointues. Il dit, "Ça doit être Tonise Too-loo-loo."
"Mais, quoi c'est ça?" demande René Rainette.

A ce moment-là, Tonise Too-loo-loo, le fourmilion, sort sa vilaine tête hors de son trou. Il ouvre ses vilaines mâchoires, prêt a saisir de nouveau la pauvre Caroline.

Clovis Ecrevisse se traîne près du trou de Tonise Too-loo-loo. Il claque de ses pinces et dit, "Ecoutez, Tonise. Laissez tranquils mes petits amis! Si pas, je vais laisser M'sieu Geai-Bleu faire son petit déjeuner sur vous."

Tonise Too-loo-loo descend vite au fond de son trou.

Chicot et Coteau Cigale-de-Bois recommencent leur répétition. Théodore Tortue baille et dort de nouveau.

Lizette Lézard se montre. Elle porte son nouveau garde-soleil rayé rose et blanc.

Un nuage sombre cache le soleil. Il y a des éclairs et des grondements de tonnère.

"J'ai peur! J'ai peur du tonnère! Je n'aime pas le mauvais temps. Je ne peux pas voler quand mes ailes sont trempées!" dit Pauline Papillon.

"Et moi, je ne veux pas abimer mon nouveau garde-soleil," dit Lizette Lézard.

Chicot et Coteau s'arrêtent de bourdonner. Théodore Tortue glisse de la vieille bûche, clignote des yeux, et recule vite sa tête sous sa carapace. Guillaume Grenouille saute sur le bord du bayou et dit, "Ouaouaron!"

Clovis Ecrevisse recule. Il regarde ses petits amis tracassés et agite ses antennes. Il dit, "C'est assez! Vous-autres vous tracassez trop! Regardez, le soleil est déjà revenu!"

Théodore Tortue rampe de nouveau sur la vieille bûche et ferme les yeux. Guillaume Grenouille recommence son coassement le plus fort, et les cigales jumeaux recommencent leur bourdonnement avec force.

Soulie Sauterelle fait un grand saut et froufrotte des ailes. Il atterrit sous le gros chêne et dit, "Clovis, mon ami, quoi c'est ça que je vois en haut dans l'arbre?"

Graton Grillon gazouille et dit, "Regarde les gros yeux! Ça doit être un gros, gros bétail!"

Soulie Sauterelle frissonne, et ses ailes claquent de nouveau. Il dit, "J'ai peur des gros animaux!"

"Moi aussi," gazouille Graton Grillon. Il recule vite dans sa maison sous la racine du gros chêne.

Chicot et Coteau Cigale-de-Bois se taisent. Théodore Tortue glisse de la vieille bûche et se laisse descendre au fond du bayou. Guillaume Grenouille coasse aussi fort que possible, "Ouaouaron! Ouaouaron!"

Clovis Ecrevisse agite ses longues antennes et dit à ses amis, "Crainez-pas, vous-autres. C'est seulement Charles Chaoui, le raton laveur. Il ne va pas vous embêter. Il a faim de mûres."

Clovis Ecrevisse et ses petits amis regardent Charles Chaoui, qui descend l'arbre et trotte vers les buissons de mûres.

"Mais oui, c'est un gros, gros animal," dit Pauline Papillon.

"Et regardez, il a deux gros yeux noirs," dit René Rainette.

"Et il a des raies noires sur la fourrure de sa queue," dit Soulie Sauterelle.

Charles Chaoui descend en trottant au bayou.

"Regarde, Clovis. Il lave ses pattes avantes," dit Lizette Lézard.

"Il ne lave pas ses pattes. Il lave son manger. Tous les chaouis font comme ça," dit Clovis.

Charles Chaoui mange ses mûres lavées; puis il retourne pour en chercher plus. Il va vers l'autre côté du buisson où il y a plus de mûres à point. Il a faim.

Tout d'un coup, Charles Chaoui jappe et commence à frotter ses yeux. Il crie, "Je ne peux pas voir! Je suis aveugle! Il y a quelque chose de collé sur mes yeux!"

Charles Chaoui se bute sur le bord du bayou. Il manque de tomber dans le bayou.

Clovis Ecrevisse s'approche plus près de Charles Chaoui et dit, "Ce n'est que des toiles d'araignée, Charles. Tes yeux sont collés par des toiles d'araignée. Sans doute Adéline Araignée a tissé une toile dans les buissons de mûres."

Clovis appelle Lizette Lézard et René Rainette et dit, "N'ayez pas peur, vous-autres. Lizette, enlève la toile de l'oeil de Charles de ce côté-ci, et René, toi, tu vas faire l'autre. Soyez gentils!"

Bientôt les bons amis de Clovis, Lizette et René, libèrent Charles Chaoui des toiles d'araignée.

"Je peux voir! Je peux voir! Merci, merci, mille fois," dit Charles Chaoui.

Regardez le Beau Soleil

Couplets par Mary Alice Fontenot

**Composition et partition par
Julie Fontenot Landry**

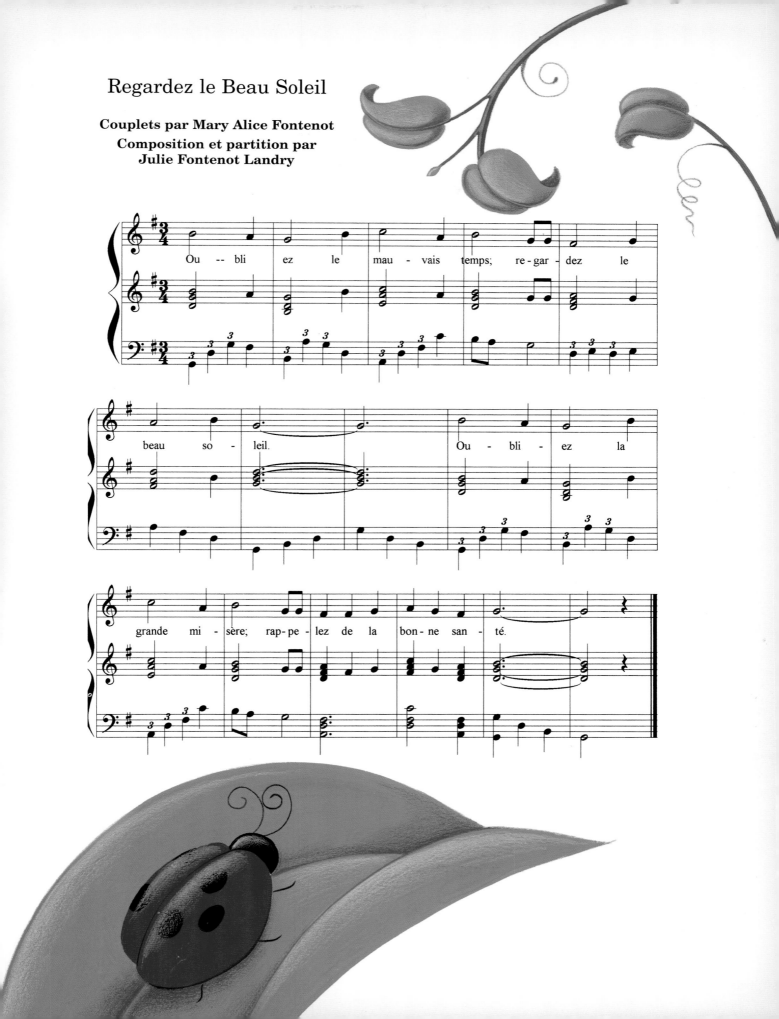

Ou -- bli - ez le mau - vais temps; re - gar - dez le
beau so - leil. Ou - bli - ez la
grande mi - sère; rap - pe - lez de la bon - ne san - té.